青空への誓い

パパ、ママありがとう

ひなた もえ

文芸社

目次

プロローグ

　二〇〇二年三月のある日曜日、その日は冷たい風の吹く寒い朝になった。グラウンドの土も場所によって霜が下り、少し濡れている。そんな寒さもどこかに飛んでいってしまうほどの白熱した試合が、下町のグラウンドで行われていた。

「大地！　頑張れー」

　たくさんの声援が大地に注がれていた。

　ここで塁に出て陸につなげないと試合は負けてしまう。大地はそう思って緊張していた。しかし、最後は空振りの三振に終わってしまい、ゲームセット。

チームは負けてしまった。

試合が終わり、大地と陸は一緒に歩いていた。陸はボールを高々と空に投げ、そしてグローブで受け取りながら歩いた。

「陸、そのボールいつかもらうからな」

「だめだよ。俺の宝物なんだから」

陸はまた投げて受け取った。

「大地、なんでそんなにほしいんだよ、このボール」

「だってあのとき本当に悔しかったんだぜ」

「でもお互いに納得したはずだぜ」

「分かってるけど」

「まあ、お互いにリトルリーグに入るって約束したんだから、二人が入れたらもう一度このボールについて話し合おうぜ。それまで俺が預かっとく」

「ずるいよ」

「だから、頑張ろうぜ」

「ああ、分かったよ」

しぶしぶ大地は納得した。

「じゃあな、また明日」

二人は別れ、それぞれの家に帰って行った。母の美咲は、大地の試合を見て
先に帰っていた。

「ただいま」

「おかえり。今日は残念だったね」

「うん、次は頑張るよ」

大地は少し咳をした。

「大丈夫?」

「うん。今日はパパ遅いの?」

「ええ、遅くなるって言ってたわ」

「そう」

「大地の試合見られなくって残念だって言ってたわよ」

「でも、今日の試合は見られたくなかったから、ちょうどよかったよ」

「そうね。パパ、自分も野球やってたから、うるさいもんね」

「うん」

翌朝、父の博志はタバコをふかしながらテレビを見ていた。美咲は朝食のあと片付けをしていて、大地はまだ食べていた。

テレビでは、ダイオキシン問題の話題が取り上げられていた。

「へー。恐ろしいね。あんなもんが人間の身体に入ったら大変だな。おちおち外も歩けないし、ごみも考えて出さなきゃいけないんだな」

と博志は言った。

「そうよ、ごみの分別間違えると持って行ってくれないし、近所で白い目で見られるのよ」

片付けをしながら美咲もそう言った。

「家の周りもスモッグだらけで空気悪いけど、地域によってそれぞれの環境問題が深刻化してるんだな」

「そうね。本当だったら、もっと積極的にみんなが自分の家のように考えて取り組めば、解決する問題もたくさんあるかもね」

「一人ひとりの意識が問われる時代というわけだ」

「そうよ。だから、あなたもまずタバコをやめてみたらどう？」

大地が咳をし始めた。

「大地も喘息の可能性があるってお医者さまが言っていたし、それ以上に何か悪い病気になったりしたら……やっぱりタバコやめて」

「……」

博志は、タバコを消して立ち上がった。

「大地、今日はなんの日だ？」

「パパとママの結婚記念日でしょう？　知ってるよ。だって一年で一番楽しみな日だもん」

大地は少し咳をしながら言った。

「大地、大丈夫か？　じゃあ、いつものレストランに七時にな」

「分かったわ。私、大地と一緒に行くから」

「ああ。会社に行ってくる」

「大地もそろそろ学校へ行く時間でしょ」

「いけねー」

大地も急いでしたくをした。

「あ、パパ、出るとき、ごみ出してきて。今日は燃えるごみの日だから」

「パパ、待って。僕も出るから」

「大地、早くしろ。置いてくぞ」

「待って、待って！」

博志はごみ袋を持って、玄関で大地を待っていた。

「行ってきまーす」

大地は元気よく言った。

「行ってらっしゃーい」

二人はあわててドアを閉め階段を降り、道路に出た。

この辺は工場が密集していて、煙突から出る排煙で空気が悪く、なおかつ国道沿いで、トラックや乗用車がひっきりなしに往来している。下の階はこのアパートの大家さんで、みつさんという。お店をやっていて、昔から住んでいる江戸っ子である。

「行ってらっしゃい。気をつけるんだよ」

みつさんが言った。

「行ってきまーす」

博志と大地は言った。

歩きながら、大地は聞いた。

「パパと朝ご飯食べたの久しぶりだね」

「ああ、そうだな。このところ仕事が忙しくてね。ところで大地、昨日の試合どうだった？」

大地はドキッとした。

「パパも見に行きたかったな」

「また今度ね」

大地はあまりこの話題に触れたくなかった。

「野球もいいけど、このごろ、学校休みがちなんだって？　身体のほうは大丈夫か？」

「大丈夫だよ。特に今日は体調いいんだ」

「そんなこと言って、今日はおいしいものが食べられるから無理して言ってるんじゃないだろうな」

「ちがうよ。今日は本当に体調いいんだ。じゃあ、バス停まで競争だよ。よーいドン！」

「待てー」

二人は、国道沿いの歩道を走り出した。

大地はバス停で博志と別れ、そのまま走って学校に向かった。途中で親友の陸と出会い、一緒に走って学校に行った。


学校に着くと、陸は下駄箱に靴を置きながら、

「そんなに走って大丈夫か」

と聞いた。陸は大地が喘息気味なことを知っている。

「大丈夫だよ」

大地は少し咳をしながら答えた。

「あまり無理すんなよ」

「分かってるって」

「今日さ、お父さんとお母さんの結婚記念日なんだよ。だからご飯食べに行くんだ」

「おまえんちの一年に一回の恒例行事だろ。いいな、うちなんか父さん単身赴任でアメリカに行ってるだろ。だから、そんなのしたことないぜ」

「そうだよな。でもアメリカだろ、おまえもアメリカ行ったことあるのか？」

「一度な」

「じゃあ、メジャーリーグ見に行ったことあるのか？」

「ああ、そのとき連れて行ってくれた。カッコよくて迫力あるぜ」

「一度でいいから、本物見てみたいな」

「おまえ自身がメジャーリーグで活躍すればいいじゃん。イチローみたいに」

「おまえも一緒に行こうぜ」

「俺は最初から行くこと決めてるもん。その前に二人でリトルで優勝してアメリカに渡ろう」

「いいね。とにかく頑張ろう」

「ああ」

そう約束し合い、二人は教室へ入って行った。

ホームルーム

「起立」

「礼」

「着席」

「おはようございます。いよいよみんなも来月から六年生になるわけだ。先生にとってこの一年はたくさんの出来事や思い出がありました」

生徒たちは静かに聞いていた。

「みんなにとってこの一年はどうでしたか？　どんな思い出を作りましたか？今日はそんなことを発表してもらいたいと思います。発表したい人」

やけに静かな教室。拍子抜けした先生が言った。

「あれ、どうしたの？　いつもうるさい教室が今日はとても静かだぞ」

陸が言った。

「先生、あらたまって聞かれるとみんな出てこないよ」

「そうか、じゃあ立花、おまえから話してくれ」

「え～俺から？」

「一年間いろいろあったろ。なんでもいいよ、こういうのはきっかけが大事なんだから」

「俺はきっかけ役？」

「そうそう」

先生はニコニコしている。クラスのみんなも笑いをこらえているようだ。しぶしぶ考えながら陸は言った。

「そうだな……、おれの一年間は野球で明けくれたって感じかな」

みんなは大笑いした。ビックリして陸は言った。

「なんで笑うんだよ！」

隣の席の鈴木がすかさず話した。

「だっておまえの答え、最初から分かってたよ。本当に思った通りの答えを言うからみんな笑ったんだよ」

またみんなが笑った。そこで先生が話した。

「そうだな。先生も分かったよ。じゃあ鈴木の思い出を聞かせてくれないか？」

「ぼくの一番の思い出は、家族で旅行に行ったことかな」

「へえ、どこに行ったんだ？」

「沖縄」

「沖縄か」

「お父さんの仕事の関係で一緒についていったんだけどね」

「そうか、よかったな。で、お父さんはどんな仕事してるんだい？」

「よく分かんないけど、いろいろな所に行って土を調べたり、川の水を調べたり……そんな仕事」

先生は驚いた表情で言った。

「ほう、環境関係の仕事をしているのか」

「そうみたい。お父さんが言ってたけど、沖縄はきれいでとても環境はよさそうに見えるけど、実際は違うって。僕も海に行ったときごみが落ちていたりしてちょっとがっかりした」

「そうだよな。今はどこに行ってもごみがあふれかえっているよね。何とかしないとそのうち日本中がごみの山になってしまうよな。みんなが大人になるころまでには何とかしなきゃいけないけど、現状はまだまだ程遠い」

みんなは真剣に先生の話を聞いていた。

「日本中の人たちがこの問題を何とかしようと動き始めれば、光が見えてくるんだけどね」

クラスのマドンナ彩花が言った。

「先生、それじゃみんなに呼びかけてごみを拾う運動をすればいいんでしょ？」

大地が言った。

「ばかだな、そんなの大人がもうたくさんやってるの。今日もテレビでやってたし、お母さんもごみをちゃんと分けて出さないといけないって言ってた」

「わたしも知ってる。でもあまり変わってないっていうことは、何かしなきゃいけないいんじゃないの？」

「俺たちに何ができるの？　子どもの力で何ができる？」

二人とも少しむきになっている様子である。

「分からない。でも何かできることがあるんじゃない？　たとえば学校の通学路のごみを拾うとか」

教室内がざわついた。何人かが言った。

「はずかしい〜」

そして大地が言った。

「はずかしくて出来ないよ。じゃあ彩花ちゃんからやってよ」

「わたしだってはずかしい。だけど誰かが始めないと始まらないじゃない!」

ガキ大将龍太が叫んだ。

「彩花、顔が赤くなってるぞ。大地に言われて照れてるんだろ。大地のことが好きなんだろ!」

「ちがう!」

彩花は泣き出してしまい、周りに女の子が集まってきた。大地はただ呆然としていた。ここで先生が間に入って言った。

「やめろ、龍太! 茶化すんじゃない。さあ、みんな席について」

みんなは席に着いた。

「話がそれたので、元に戻します。今年一年の締めくくりとして、みんなに研究課題を出します」

研究課題と聞いて、みんなざわめいた。

「これは宿題ではありません。自分の周りを見渡して、少しでも環境に役立つことを一つ以上行ってみてください。それをノートにまとめて提出してください。彩花さんの言った通り誰かがやらないと始まりません。みんな一人ひとりが小さなことでも少しずつやってみるのはとても大切です。先生も一緒にやるから、頑張ってみよう。そして、六年生になってから、このテーマに関して、もう一度やりますのでみなさんもやってみた感想を、たくさんノートに書いてくださいね。楽しみにしています」

大地はこのテーマのことよりも、彩花を泣かしてしまったことで頭がいっぱいだった。

転勤

ユニバーサル開発の社内。今日は重要な会議が行われようとしていた。博志はその準備におわれていた。そこに上司の島田部長が博志を別室に呼んだ。

「夢野君。君の家は何人家族だっけ?」

「は、はい三人です」

部長は少し考えている様子だったが、こう言った。

「そうか……実は今度、君に転勤の内示が出たんだ」

博志はビックリした。

「転勤ですか!」

「ああ」

「もしかして……」

「君も知っていると思うが、今沖縄に新しいホテルを建設しているだろう？」

「はい。知ってます」

「その沖縄に、行ってもらって、新しいホテルが軌道に乗るまで夢野君に頑張ってもらいたいんだ。急なことで驚いたと思うが、社長もぜひ君にということなんだ。家族と相談してみてくれないか？」

「え？　家族も一緒にですか？」

「もちろん家族も一緒だよ。四月から新学期も始まるし、なにかと今ならきりがいいだろう？」

「はあ」

博志はこのとき初めてひとごとだと思っていた転勤が、自分の目の前に大きな壁として立ちはだかるのを感じていた。

「転勤が決まれば、現地の家のほうも向こうで手配してくれるそうだ」

「部長。で、いつから行けばいいんですか？」

「出来れば一か月ぐらいのうちにお願いしたいんだ」

「……分かりました」

博志は家族になんて話そうか考えていた。

レストラン

夢野家の恒例行事でもある結婚記念日の食事会。毎年家族はこの食事会をとても大切にし、楽しみの一つになっていた。しかし、今年は少々違っていた。いつも一番元気な大地が、今日は少し大人しかった。それに気づいた美咲は大地に言った。

「大地、今日なんかあった？」

「別に。何もないよ」

「そう、それならいいけど」

美咲はいつもと違う大地が気になっていた。突然、博志が言った。

「大地、もしかして好きな女の子が出来たとか？」

大地はビックリしてむせてしまった。

「そ、そんなことないよ」

大地の顔は赤くなった。

「パパ、唐突に何言うの？　もし本当でもいきなりそんなふうに言われたら、よけい言えなくなるじゃない」

「ママまでなんだよ」

美咲の言葉に大地はむきになった。そしてさらに博志が言った。

「大地も十一歳なんだから、ガールフレンドの一人くらいいてもいいんじゃないの？」

「一人くらいならいるよ」

二人はびっくりして言った。

「うそ〜」

「クラスの友だちだよ。ただの友だち」

「友だちね」

と美咲は少しおどけて言った。

「本当だよ。今日、その子のことを泣かしちゃったんだ」

「なんで泣かしちゃったの？」

「ホームルームで別の友だちが家族で沖縄旅行に行った話をしたんだ」

「沖縄！」

博志は突然、大声で叫んでしまった。

「急に大きな声だしてビックリするじゃない」

と美咲が言った。

「ごめん、ごめん。……沖縄はきれいだもんな」

大地は話を続けた。

「パパ、沖縄ってそんなきれいじゃないんだって。友だちが言ってたけど、海にごみが捨ててあったり、川の水や土も汚染されてるんだって」

「へえー、その友だちは詳しいんだね」

と博志は言った。

「お父さんが調査する仕事をしていて話してたって」

美咲も大地の話を感心して聞いていた。

「そう……、で、なんで泣かしちゃったの？」

と美咲は聞いた。

「彩花とちょっと言い合いになったときに、龍太っていうやつが、彩花は大地のことが好きなんだろうってひやかしたんだ」

「それで泣いちゃったってわけね」

「そう」

「でも分かるな、その気持ち」

「なんで？」

「女の子ってね、好きな子に直接何か言われると、とっても傷ついた気持ちになるのよ。好きな分だけね」

「よく分かんない。パパはどう思う？」

「え？　何が？」

「パパ聞いてるの？　さっきから何か考えごとをしてるっていうか、心ここにあらずっていうか」

美咲は少し苛立った。

「聞いてるよ、ちゃんと。大地の彼女の話だろ？」

「彼女じゃないよ！」

「ごめん、ごめん」

「まったくあなたったら。ちゃんと聞いていてね」

「分かってるって」

「そうか、大地も悩める年頃になったのね」

美咲は少し嬉しかった。

「沖縄か……いいな。最近、私たちって旅行にも行ってないわね。そうだ、思い切って旅行に行かない」

　すると突然博志が話をきりだした。

「あ、あ、あのさ」

「なによ、急に。あなた今日は変よ」

「実は……」

「何？」

「俺、転勤の内示もらっちゃったんだ！」

　美咲と大地は驚いた顔で言った。

「転勤!?」

「そう、転勤」

　美咲は質問を続けた。

「どこに？」

「沖縄」

「沖縄⁉」

さらに二人は驚いた。

「うちの会社のホテルが今度オープンするんで、その立ち上げ要員として、行ってくれないかって、今日部長から言われたんだ」

大地は言った。

「じゃあときどき沖縄に遊びに行っていい？」

博志は答えた。

「家族で引越すんだよ」

美咲はびっくりして言った。

「え？　私たちも一緒なの？」

「そう。条件的には申し分ないんだけど、あまり気が進まない。大地の学校の

 こともあるし、まったく生活が変わるからね」

あまりにも突然のことに、しばらく言葉が見つからなかった。少しして大地が言った。

「でもパパの仕事の都合だから仕方ないじゃん。陸たちとも離れ離れになっちゃうけど、電話でだって話出来るし、手紙だって書けるから気にしなくていいよ」

「大地、ありがとう」

博志は嬉しかった。美咲はまだ質問を続けた。

「それで、いつ引越すの？」

「一か月ぐらいのうちにって」

「え～、ずいぶんまた急ね」

「ごめんな」

「そう……。じゃあ、この一か月は大変ね」

「パパ頑張るからね。大地」

「僕も頑張る。向こうで野球できるかな？」

「ああ、野球チームは全国どこにでもあるから大丈夫だよ」

「よかった」

大地は野球が出来ると聞いて、喜んだ。美咲は大地の喜んでいる姿をみて、思った。〝……私も頑張ろう〟

引越し

転勤も決まり、引越し当日。会社の同僚が手伝いに来てくれたおかげで、十二年間で増えたたくさんの家具も無事に運び出せた。

一息ついたところに、大地の友だちが何人か来てくれた。その中に、親友の陸と彩花もいた。陸は大地に野球のボールを手渡した。そう、陸の宝物だ。

それは二人がはじめてリトルリーグの試合を見に行ったときに、ホームランボールを取り合い、涙ながらに陸がもらったボールだった。それだけ大切にしていたボールを大地に渡すということは、陸にとって最大の友情の証だと思い、大地は深く感謝して受け取った。

「離れ離れになっても、俺たちの夢はなくなったわけじゃないだろう？　だからいつかお互いに違うチームで試合をするときまで、大地に預けとく。勝ったほうがボールを持つことにしよう」

大地はとても嬉しかった。

「ありがとう。元気でな」

「うん、手紙くれよな」

「分かった」

そして、彩花が大地に手紙を渡した。大地はホームルームで彩花を泣かしてしまったことを思い出していた。

「沖縄に行っても元気でね」

と彩花は言い、目には涙を浮かべていた。

「ありがとう。彩花も元気でね」

「うん」

「……また泣かしちゃったね」

「うん」

別れを惜しんだ大地を博志と美咲は見守っていた。

沖縄

空港に着いた三人は、出迎えてくれる、社内研修で一緒だった古堅《ふるげん》課長を捜した。ロビーを出て大地は言った。

「わー、あったか〜い」

「本当ね。空気が違うわね。まさに南国っていう感じ」

と美咲が答えた。

「そうだな。これからこの空の下で生活が始まるわけだ」

博志は周りをきょろきょろ見渡しながら答えた。

「そうね。いよいよ始まるのね」

大地が突然咳をし始めた。美咲は言った。

「大地、大丈夫？」

「大丈夫」

「東京と違って空気もきれいだから、大地の咳もすぐよくなるよ」

と博志が言った。

「そうね」

美咲は大地の背中をさすりながら答えた。

「あー、いた、いた。どうもご無沙汰しています。古堅さん」

「お久しぶりです。長旅、お疲れさまでした」

気さくそうな、古堅さんを見て美咲は安心感を覚えた。

「あ、妻の美咲と息子の大地です」

「こんにちは、はじめまして」

と美咲は挨拶をした。

「やあ、はじめまして、ようこそ沖縄へ。大地君こんにちは」

「こんにちは」

恥ずかしそうに答えた。

「なんか、ばたばたしてしまってすみません」

博志は恐縮していた。

「いやいや、夢野さんが来るって言うんで、本当に楽しみにしてたんですよ」

「じゃあ、行きましょうか」

と言いながら迎えにきた車に乗り、空港をあとにした。古堅はみんなを飽きさせないように、気を遣っていた。

「荷物は今日届くそうです」

「ありがとうございます」

と博志はお礼を言った。車は国道を快適に走った。

「あ、海だ！」

大地は叫んだ。

「きれいね。これからここに住むのね」

美咲は海を見ながらそういった。

「おじさん、僕の家の近くにも海があるの？」

「そうだな、歩いて五分くらいかな」

「そんなに近いの？　嬉しーい」

と大地は喜んだ。

車は引越し先の家がある村へと近づき、海沿いの学校の横を通った。そのとき古堅が言った。

「大地君、あそこが君の通う学校だよ」

大地は目をまるくして見ていた。

「ねえ、あとで行ってもいい？」

「いいよ。ママと行っておいで。パパは荷物が来るから家で待ってる」

「じゃあ、着いたら行ってみようか?」

と美咲は言った。

「うん」

車は新居に到着した。

「どうもありがとうございました」

三人は古堅にお礼を言った。

「いえいえ、イチャリバチョーデーですよ」

「なんですか、そのイチャリバなんとかって」

「イチャリバチョーデー。行き合えば皆兄弟。つまり通い合えば皆兄弟のように心を許して付き合うという沖縄の人たちの人柄を表す言葉なんです」

「いい言葉ね。これからの私たちにとって勇気づく言葉ね」

「そうだね」

と博志はしみじみ答えた。

美咲と大地は、近くを散策しながら学校へと向かった。学校に着くと大地が言った。

「ここが学校？」

「そうね」

「すげー。海岸と校庭がくっついてる」

「ほんと、すごい」

大地は海岸へと走って行った。

「ママ、すごくきれいだよ」

美咲も海岸に出てみた。

「本当ね。すごくきれい」

「東京の海と全然違う」

「本当ね。まだまだ自然は守られているって感じ」

「この学校で野球、出来るかな」

「出来るといいわね」

「ママ、僕頑張るよ。せっかく新しい所に来たんだし、パパも頑張るって言ってたし」

「ママも頑張るからね」

「うん」

大地はおもむろにポケットに手をやった。中には彩花にもらった手紙が入っていた。

「あれ？　この手紙……」

「引越しのときもらったラブレターね」

「ラブレターじゃないよ」

「ママに聞かせてくれない？」

「いやだよ。ぜったいにいやだ」

「いいじゃない、少しくらい」
「いやだよー」
大地はそう言って、砂浜を走り去り、少し離れた岩場のかげに座って、そっと手紙を開けた。

大地君へ
大地君がいなくなるとさみしくなります。それと私が泣いたのは、大地君のせいじゃないからね。また会えるよね、きっと。絶対、絶対、手紙書きます。大地君も絶対、絶対返事ちょうだいね。待ってます。
沖縄に行っても野球がんばってください。元気でね。

彩花

大地はしばらくのあいだ、景色を眺めていた。
そして、心の中で頑張ろう……と思った。
夢野家の新しい生活が今始まろうとしていた。

大地の病気

一夜明けた朝、外は抜けるような青空が広がっていた。しかし、夢野家では外の景色を見る余裕もなく、引越しの片付けが行われていた。台所で片付けをしていた美咲が言った。

「パパ、そろそろお昼だけど、どうする？」

「どこか近くに食べに行こうか」

「何かあるかしら。昨日近くを歩いてみたけど何もなかったみたいよ」

「国道のほうに歩いていけば何かあるんじゃないかな」

「そうね、ちょっと探検しに行こうか？」

「大地、外にお昼食べに行くぞ」

博志は二階にいる大地を呼んだ。

三人は海沿いを少し歩いていた。すると、海と反対側の村落に小さな野球場があった。

「野球場だ。でも小さいな」

と大地は言って近くまで走って行った。博志と美咲もそれに続いて走った。

近づくと側に小さな食堂があった。何年もそこで営業を続けているような佇まいのお店だ。博志が言った。

「ここでお昼食べようか」

「ここ?」

と美咲はあまり気が進まないような口調で言った。

「ほかになさそうだし、沖縄のお店らしくていいじゃないか。大地はどうだ?」

「いいよ」

大地は野球場が気になっている様子であった。

お店に入ると、少年が一人、野球のユニフォームを着て、端っこでゲームをやっていた。少年は大地たち、三人に気がついて言った。

「とーちゃん！　お客さんだよ」

中にいた店主が出てきた。

「いらっしゃい。お客さん、すいません、今日はお店休みなんです」

博志はがっかりした様子で言った。

「そうですか。この辺に食べるところはありませんか？」

「車で二十分くらい行ったところにハンバーガー屋がありますね。なんていったっけ、ほら」

店主はユニフォームの少年に聞いた。

「エンダー」

少年はぼそっと答えた。

「そう、そう、そのエンダー。二十分くらいなら、近いさ」

「私たち歩きなんです」

博志の言葉に店主はびっくりして言った。

「そっか、お客さん観光でみえたんかい？」

「いえ、転勤でこちらに昨日、引越して来たんです」

「そうでしたか。じゃあ大変だ」

博志は店主に尋ねた。

「お子さんですか？」

「そうそう、健一って言います。健一挨拶しなさい」

と言って軽く背中を押した。健一は軽く会釈をして、またすぐゲームに没頭した。

「こんにちは。何年生？」

「五年です」

「じゃあ、うちの大地と一緒だ。大地、挨拶しなさい」

大地は恥ずかしそうに軽く挨拶をした。

「健一君は野球やってるの?」

「うん」

「やあ、実は今日こいつらの試合が前の球場であって、そこで監督しなきゃなんないもんで、それで今日は店休みにしたんですよ」

と店主は照れくさそうに話した。

「試合見たい」

と突然大地は言い出した。

「実はうちの息子は東京で野球チームに入ってまして、沖縄に来て野球が出来たらいいねって話してたところなんです」

「そうでしたか。あっ、申し遅れました、比嘉と申します」

「あ、夢野です。家内の美咲です」

美咲は笑顔で答えた。

「こんにちは。よろしくお願いします」

「こちらこそ。そうそう、よかったらご飯食べて行きませんか？」

「何もありませんが、家のかーちゃんの作るチャンプル結構いけますよ」

沖縄人の気さくなもてなしに少し戸惑いを感じていたが、快くご馳走になることにした。食事をしながら博志は東京での生活や自分の仕事のことなど、比嘉に話した。

大地は健一の隣で話し掛けていた。

「健一君はどこの小学校に通っているの？」

「嘉南小」

「僕もその小学校に通うんだ」

「そうか、同級生だね。他にも仲間がいるんだ、今日来るぜ」

「本当？　今日見学していい？」

「いいよ。大地君はポジションどこ？」

「サード」

「そうか、ちょうどいいや」

「何が？」

「今日、サード守るやつが、病気で来れなくなったんだ。大地君がサードなら、やってくれないか？」

大地はビックリした。

「え、いいの？」

「東京で結構やってたんだろ？　うちのチームでよかったらやってくれよ」

健一は父親に話した。

「とうちゃん、今日、大地君にサード守ってもらっていい？」

比嘉は少し考えてこう言った。

「庄吉、今日休みだもんな。大地君やってみるかい？」

博志は意外な展開にびっくりして言った。

「いいんですか？」

「大丈夫ですよ」

「よかったな、大地」

「うん」

美咲はちょっと心配そうに言った。

「大地、あまり無理しないでね」

「分かってる、大丈夫だよ」

大地は嬉しくて仕方なかった。

「よし、そうと決まったら早くしたくして練習しよう」

比嘉はそう言った。

「何時からですか？　試合は」

と美咲は尋ねた。

「二時からやります」

「パパと大地はここにいる？　私は一度家に戻ってくる」

「分かった。僕らはここにいるよ」

と言って美咲は博志たちと別れた。

そして、野球場に次々と子供たちが集まってきて練習が始まった。大地も軽くキャッチボールをしながら肩慣らしをした。博志は見守っていた。

いよいよ試合が始まった。大地は少し緊張していた。レベル的には大地が東京で所属していたチームとかなり差があり、大地の守備が光っていた。博志と美咲は息子の活躍に声援を送った。終盤をむかえ選手も少しバテ気味になったころ、グラウンドで大地は発作を起こし、突然倒れた。博志と美咲は一番に駆けつけ、比嘉監督と子供たちも集まってきた。

「大地、しっかりして！」、美咲は背中をさすりながら叫んだ。しかし発作は治まらず、監督がすぐに車を用意し、近くの病院まで送ってくれた。

医師が処置し発作は治まった。医師が博志たちをよんでいろいろと質問をし始めた。

「東京で病院にかかられたことがありますか?」

金城先生は、美咲に尋ねた。

「はい。三年ぐらい前から咳が出るようになったので、病院に行って検査をしてもらいました」

「それで?」

「はい。喘息ではないかと」

「ということは、喘息とはっきりとは言われていないのですね」

「はい。喘息のときに起こる症状と似ていたためで、断定はしていませんでした」

「そのとき、こまかく検査はしたのですか?」

「いいえ。一度、激しい咳を夜中にしたので病院に行きましたが、すぐに治ったので、それ以来あまり気にしていませんでした」

「大地君は、その後、たびたび激しく咳をしますか？」

「ちょっと運動をしたときとか、雨の日や急に寒くなったりと気候が変化するときにもよく咳をします。あと、緊張していると出ます。三年前にも一度激しく咳き込んだことがありますが、でもこんなに激しいのは初めてです」

「今、お母さんがおっしゃった状況は喘息の症状と同じです。そもそも喘息の原因はさまざまな要素が考えられ、断定は出来ません。可能性として、という観点でしか対処が出来ないのです。喘息を軽減し、治療をすることは出来ますが、この病気は大人になっても出てくる可能性があります。ですから、精密検査をして今後の対応を一緒に考えていきましょう」

「大地は一生喘息と闘うことになるんでしょうか？」

博志が聞いた。

「まだはっきりとは言えません。とにかく検査しましょう」

「何が原因で喘息になったんだろう」

博志は少々イライラしていた。

「お父さん、断定は出来ませんが、大地君の場合、住んでいた環境と関係があるように思われます」

「東京のですか？」

「はい。お話をお聞きしたところ、以前住まわれていた所は国道沿いで、常に車が往来していたとか。そして近くに工場がたくさんあったとうかがいました」

「はい」

と博志は答えた。

「喘息になりやすい悪い環境として第一にあげられるのが、空気の汚染された環境です。最近、特に公害問題になっている大気汚染は、自動車の排気ガスや工場の煤煙などが原因になっています。これらの空気中には亜硫酸ガスやオゾンガス、窒素酸化物などの有害物質が含まれていて、これらの物質は気道の過敏性を高めたり、アレルゲン、つまりアレルギー反応を起こす原因となる抗原物質が体内に侵入しやすくなるような作用を持っています。ですから、大地君の場合、生まれてからこのような環境に育ったため、体内に蓄積されて何かの拍子に出てきたとも考えられます」

「でも、大地のような環境に育った子が全員かかっていないのはなぜですか?」

と博志が尋ねた。

「はい。人によってかからないのは、その本人がアレルギー体質であるかどうかによっても変わってきます。つまりアレルギーの素因は遺伝しますので、ご両親がアレルギー体質であるならば、その確率は高くなるわけです」

「俺、アレルギー体質じゃないよ。美咲は?」

「私も違うと思うけど、調べていないから分からない。でもうちの母は、喘息だったわ」

「そんな話、初めて聞いたよ。なんで今まで黙っていたんだ？」

「だってそんなこと、大地と関係ないと思ったもの」

「ご両親がお子さんのころは、ちょっと風邪を引くと薬を飲みなさいと言って、薬をよく与えていた親がたくさんいました。ですから、本人が知らないうちに、薬による体内蓄積が原因でアレルギーになるということもありました。最近では化学物質過敏症といって、家を建てるときに使う接着剤の中に入っているホルムアルデヒトの影響で、目がちかちかしたり、重症になると痙攣が起きたりする病気があります。しかし、まだ一般的ではありませんが、その病気で苦しまれている患者さんも少しずつ増えてきています。要するに、今、大地君の喘息も誰の責任というわけではなく、我々のつくり出した社会による副産物と言えるかもしれません」

「では、どうしたらいいんですか？」

と博志は言った。

「まずはこの喘息のことを把握し、発作が起きやすい環境をつくらないことが一番です。ご両親は大地君のことを今まで以上に気に掛けてください」

「だからパパ、タバコやめて」

「タバコは吸っている本人にも害がありますが、その煙を吸っている周りにもかなり影響を与えています。タバコからはダイオキシンが発生します」

博志はテレビでやっていたダイオキシン問題を思い出していた。

「ですから、大地君の前では吸われないようにしてください」

「私、タバコやめます！」

「本当？　やめるのね！」

「ああ、やめる」

「よかったわ。これで大地も今までよりはいい環境ですごせるわね」

「今まで悪かった。責任感じるよ」

「知らなかったんだから、仕方ないじゃない」

「先生、どうもありがとうございました。これを機に家内ともども大地のために、喘息のことやその原因でもある環境のことなど、いろいろ勉強したいと思います」

と博志は、金城先生にお礼を言った。

「私もいろいろと調べてみるわ」

「あせらずじっくりやっていきましょう。最後にご両親へのお願いですが、このことで大地君への接し方を変えないようにしてくださいね。精神的影響で誘発する場合がありますからね」

「はい。ありがとうございました」

博志と美咲は声をそろえて言った。

二人は外に出て、大地と監督の待つ待合室に向かった。

「どうもご心配おかけしました。試合がめちゃくちゃになってしまいすみませんでした」

博志はあやまった。そして、このことできっぱりタバコもやめ、心機一転、決意も新たにした。同時に、大地ともっと深くかかわり、大地との時間を大切にしよう、そして、病気とうまく付き合いながら、野球を続けたいという大地の夢を一緒に叶えようと強く思う両親だった。

後日、検査の結果が出た。やはり喘息であった。

新たな出発

始業式から一週間が過ぎ、夢野家も生活のリズムが出来始めていた。大地の病気も今のところ落ち着いている。

そんなころ、仕事帰りに博志は比嘉の家を訪ねた。あのときのお礼と野球チームについてのお願いがあったからだ。

「先日は本当にありがとうございました」

「いいえ、大地君はもう大丈夫ですか？」

「今のところ落ち着いてます」

「それはよかった」

「比嘉さん、今日はお願いがあってきました」

博志は改まって言った。

「まあ、一杯どうぞ」

比嘉は博志に酌をした。

「ありがとうございます。実は大地のことなんですが、野球をどうしても続けたくて、毎日家の前で素振りをしているんです。病気のことはありますが、出来ればこちらのチームに入れていただけないでしょうか？」

「もちろん、そのつもりですよ。健一も大地君と仲良くさせてもらってますし、それに大地君が入ってくれるとレベルが上がりますからね。チームにとっては大歓迎ですよ」

「よかった。ありがとうございます」

「これからもよろしくお願いします」

と比嘉が博志に言った。

夜もふけ、酒の勢いも手伝って、話に花が咲いた二人は、お互いの昔話や将来のチームの方向性などを楽しく語り合った。

美咲はあれ以来、大地の病気のことや病気を起こした環境について、自分なりに調べ始めていた。そんなあるとき、インターネットのホームページを検索していると、近くに環境問題の専門家がいるボランティア団体「ニライカナイ」があることを発見した。美咲はそこの専門家上江州《うえず》に連絡をとり訪ねてみることにした。

「ニライカナイ」の事務所は少し離れた、町の片隅にあった。美咲はさっそく訪ねた。

「実はうちの子が喘息で、この前病院に行きました。そのとき、喘息の原因は環境の影響が大きいと言われ、親の責任としてもっと深く調べたいと思いまして、気をつけていたところ、こちらのホームページを拝見し、うかがった次第です」

「そうでしたか。それはご苦労さまです」

美咲は尋ねた。

「このニライカナイって、どういう意味があるのですか？」

「あ、これはね、沖縄の言い伝えで神の国、理想郷の名前ですよ。うちの団体の志ですかね」

と言って上江州は笑った。

「なるほど、素敵な名前ですね」

「いやいや、でも大変ですね。沖縄でも喘息の子どもは結構いますよ。原因はさまざまですが、アレルギーによるものや気候によるもの、特に沖縄は台風がよく来るでしょう。気圧が変わるので、それで出る人もいるみたいです」

「なるほど」

「東京から来られたら、こっちの空気はきれいと思われるでしょうが、こっちはこっちの原因がちゃんとあるんですね」

「空気がおいしいから、よくなると思ってました」

「そうでしょう。でも、病気の元をつくるアレルゲンは、いたるところにありますからね。たとえば、この辺は古い家がたくさんあるので、カビやちり、ホコリ、ダニなどが体に入って起こすこともありますし、自然が多い分、いろんな種類の花粉も飛びます」

「そうなんですか……」

美咲は感心して聞いていた。

「そうそう、世界で一番喘息の発症率が高い国はどこだか知っていますか？」

「さあ」

「ニュージーランドだそうですよ」

「えーっ」

美咲はびっくりした。

「ニュージーランドといえば自然が多く、豊かなのびのびした国という印象がありますよね。原因は先ほど話したアレルギー反応を起こすきっかけとなる異物が存在する。つまりアレルゲンの要素がいっぱいあるということですよ。野原や空き地の雑草がアレルゲンとなることもあるそうですよ」

美咲は大地が野球をしていて倒れた球場が空き地のような、あまり整備されていない所だったことに気づいた。

「あー、私ばかりしゃべってしまいましたな。こんな偉そうなことを言ってますが、私もついこの間『環境を考える講義』があったときに聞いたことばかりで、受け売りですわ。ワハハハ」

「そういう講義があるんですか？」

「ええ。よくやっていますよ。今度うちの主催で『地球環境をとりもどそう』というテーマで、海のごみ拾いや、空き地の草むしり、そして、環境問題の現状を知るための講義をまじえた催しをやるので、それに参加してみてはどうです？」

「ぜひ参加させてください。うちの夫や子どもも参加していいですか」

「もちろん、いいですよ。いつも親子連れや、いろんな団体も参加しますので、ちょうどいい機会になりますね」

「ありがとうございます。それで、いつでしょうか」

「ちょっと、チラシ、持って来てくれ」

上江州の言葉に事務所の女性がチラシを持って来て、美咲に手渡してくれた。

「今度の日曜日です。ここに集合してください」

上江州はチラシの場所を指差した。


その日の夜、食事のときに美咲は博志にチラシを見せた。

「へぇ、『地球環境をとりもどそう』か」

「私、とても嬉しいわ。何か、目の前がパァッと明るくなったようだわ」

「一人ひとりの意識が高まると、大きなことが出来るんだな。今までそんなこと思ってもみなかったけど、大地のことがきっかけで、俺たちもその一人ひとりの仲間になるわけだ」

「そうよ。頑張りましょう」

「なんか、パパとママ、こっちに来てとっても楽しそうだね。僕も野球をやれるようになったし、友だちもたくさん出来たし、楽しいよ」

と大地が言った。

「大地も今度の日曜日、行こうね」

「うん」

「そうだ！　野球チーム全員で行かないか」

「いいわね」

博志はさっそく監督の所に電話をかけた。

「もしもし、夢野ですが、どうも。実は今度の日曜日、練習のあと、みんなでイベントに参加しませんか。そう。何でも、環境問題について……」

美咲は博志の電話をしている姿を見て、とても嬉しかった。家族が一つになっているという実感があった。

イベントの日がやってきた。

たくさんの人が参加していた。各々がごみ袋を持ち、海岸のごみを拾っていた。みんなとても楽しそうだ。

大地も、健一や同級生でもあり野球チームのメンバーでもある拓也、涼太、そして健一の幼馴染、七海たちと一緒にごみを拾っていたが、遊んでいるみたいだった。

「大地、沖縄に来てどのくらいになる?」

健一が聞いた。

「一か月ぐらいかな」

「いろんな所に行ったか?」

「うん。観光したよ」

「そうか。観光客と同じコースを見たんだな」

「うん、たぶん」

「もっと沖縄のこと、知りたいか?」

健一がまた尋ねると、大地以外のみんなは笑っていた。

「うん」

大地はみんなが笑っているのを不思議に思った。

「実はな、ちょっと耳をかせ」

健一は大地に近寄って、こそこそ話を始めた。

「え、沖縄少年探検隊?」

「そう。大地のために結成したんだ。な、みんな。イェー!」

みんなは、片手を高く上げてポーズをとった。

「なんだか分かんないけど、すごい。イェー!」

大地もつられてポーズをとった。

「沖縄のヤンバルの森へ探検に行こうと思うんだ」

「山なの？」

「山あり谷あり。自然がいっぱいだよ。東京にいた大地は経験したことのない所だ」

「嬉しーい。でも、喘息が……」

「大丈夫。そんな無理はしないし、いつも野球の練習をしてる体力があるんだから、そろそろいいんじゃないか」

「そうだね。お父さんとお母さんに話しとくよ」

「だめだめ。親に言ったら反対されるに決まってるだろう？　内緒で行くんだよ」

「内緒で？　大丈夫かな」

「大丈夫さ」

「なんて言って出かければいいの」

「市民球場の野球の試合をみんなで見に行くってことにすればいい。みんなも話を合わせてくれよな」

「イェー！」

みんなはまたいっせいに声を上げた。

「喘息で何かあったらみんなで協力するからな。友だちだろう」

健一が力強く言った。

「ありがとう」

大地はとても嬉しかった。


ボランティア一行は、会場に入り講義を聞いた。子どもたちも中に入って聞いていたが、退屈したようで、外に出て遊んでいた。

講義中、美咲は一生懸命メモを取っていたが、博志は眠ってしまっていた。

終わると、ふたりは上江州と話をした。

「夢野さん、どうもお疲れさまでした」

「ありがとうございました。あ、うちの主人です」

「夢野です。今日はありがとうございました。大変勉強になりました」

「あなた、寝てたじゃない」

「そんなことないよ」

「まあまあ、とにかく、ご苦労さまでした。またいつでも事務所にいらしてください。歓迎します」

「はい、私も事務所で何かお手伝いしたいのですが」

「それは助かります。ボランティア団体なもので、あなたのような方々に支えられてますから、一人でも多いほうが力強いというものです。ぜひ近々いらしてください」

「はい、そうします」

博志は大地たちを見つけると、

「みんなー、帰るぞ」

と呼んで、みんなで一緒に帰った。

その日の夜、家に帰ると大地は博志に、

「今日ね、健一たちと話してて、みんなで市民球場に野球を見に行く約束をしたんだ」

と言った。

「へえ、いいじゃないか。いつだい？」

「今度の日曜日」

「そうか、今度は練習ないもんな。パパも行こうかな」

「だめだめ！　子どもたちだけで行くって約束したからだめ」

大地があわてて言った。

「なんだ、そんなにむきになって」

「パパ、大地は友だちと一緒に行きたいのよ。子どもたちの世界に大人が入らないほうがいいわよ」

横で聞いていた美咲が間に入った。

「そうか……パパ、暇なんだけどな」

「たまにはパパとママとでどっかに遊びに行ってきたらどう？」

「いいわね、たまには二人で那覇市内にでも行きましょうよ」

「そうだな、行くか。でも、大地、冷たいな」

「そんなことないよ。友情を育むのも大切なんだから」

「パパもそろそろ子離れしなくちゃね」

美咲は笑いながら言って、

「でも体調が悪くなったらすぐに帰ってきなさいよ。パパとママも早く帰ってくるからね」

と続けた。

「僕は大丈夫。せっかくだから、ゆっくりしてきなよ」

「大地も大人になったたな」

「まあね」

大地は、ほっとした。

再発

四月二十七日、日曜日。今日は健一たちとヤンバル探検の日だ。大地は少々緊張して、うそがばれないかびくびくしていた。そんな大地に博志が言った。

「大地、今日市民球場行くんだろ？」

「うん」

「何時に待ち合わせてるんだ？」

「十時に球場入口」

「そうか、パパとママは那覇に買い物に行くから、車で球場まで送って行くよ」

「いいよ、自転車で行くから」

美咲も博志の後押しをした。

「通り道だから送って行くわよ」

「いいって。だって帰り困るじゃん」

「時間見計らって迎えに行くわよ」

「いいから、二人で楽しんできなよ。僕は、みんなと楽しく帰るから。第一、みんなだって親が送り迎えなんかしないよ。僕だけ親がきたら恥ずかしいよ」

「恥ずかしいことなんかないわ。だって、大地の身体が心配だもの」

「僕そんなに悪いの？」

「そんなことないけど、この間のこともあるし」

と美咲は大地に話した。それを聞いていた博志が言った。

「分かった。大地が大丈夫って言うなら、一人で行っといで。気をつけるんだぞ」

「分かった」

美咲は心配そうに言った。

「あなた……」

「大地はみんなと別に変わらないから、そんな心配することないよ」

「じゃあ、行ってきまーす」

「あ、大地、お弁当。気をつけてね」

二人は大地を見送った。

「あなた、心配じゃないの？」

「前に病院の先生が言ってたろ？　あんまり特別扱いするなって。だって、学校にだって一人で行ってるし、野球の練習だってちゃんとやってる。薬だって今日も持って行っているんだから、心配ないよ」

「そうね。私の取りこし苦労かもね」

「今日に限って変だぞ」

「分からないけど、今日は何か心配だったの」

「そうか」

「私たちも行きましょう」

大地たちは球場ではなく、市内のバスターミナルで待ち合わせていた。

「みんな、待った?」

大地は自転車を降りながら言った。

「俺たちもちょっと前にきたところ」

と健一が返事をした。

「家出るときさ、親が球場まで送るって言い出したから、あせったよ」

「お前のとうちゃん、かあちゃん優しいかんな」

「喘息のことがあるからね」

「大地君、今日は体調いいの?」

七海が聞いた。

「うん、いいよ。薬も持ってきてるし、大丈夫」

「よし、少年探検隊、出発！」

「おー」

健一たちはヤンバルの山へと入っていった。

ヤンバルの森は、木々が生い茂り原生林が立ち並んでいた。

健一、拓也、涼太、七海、そして大地の五人は歌を歌いながら、元気よく歩いていた。

健一が先頭に立ってみんなを案内していった。健一は慣れている感じで、自信に満ち溢れていた。

「おーい。早く来いよ。川があるぜ」

健一が大きな声で呼ぶと、みんなは急いで向かった。きれいな川があった。そこで昼食をとることにした。

楽しそうに各々のお弁当をひろげ、食べながら語り合った。大地は東京で陸から預かったボールを持って来ていた。

「みんな、見せたいものがあるんだ」

と大地が言うと、

「ボールだ」

と拓也がのぞきこんだ。

「なんのボール？」

涼太が尋ねた。

「ここでキャッチボールするのか？　グローブ持って来てないぜ」

と健一が言った。

「そうじゃないんだ。このボールは東京にいたとき、親友の陸っていうやつから預かったボールなんだ」

「へー」

拓也が感心したように言った。

「俺と陸は、小さいころから友だちで、いつも一緒に遊んでいたんだ。ずっと前に二人でリトルの試合を見に行って、ホームランボールを取り合いしたんだ」

「ボール、もらえないんじゃないの？」

涼太が聞いた。

「そうなんだけど、そのボールをめぐって俺たちは大喧嘩をして、結局陸のものになって、うちのお父さんがリトルの監督さんを知っていたから、たのんでもらったんだ」

「へえ、そのボールがこれか」

健一は大地からボールを取って、上に投げながら言った。

「で、なんでそのボールがここにあるんだ？」

と健一が尋ねた。

「引越す日に陸が持って来たんだ」

「記念にくれたのね」

七海が言った。

「もらったんじゃなくて借りたんだ」

「どうして？」

「俺たちはこのボールを取り合ったあと、約束したんだ。必ず将来リトルに出て、優勝しようって。それだけにこのボールには陸との夢が詰まってるんだよ。引越すとき、そのボールを俺に預けたのは、離れても夢は一緒に叶えようっていうことなんだ」

「でもチームは別れちゃうじゃないか」

と健一が言った。

「チームは違っても、決勝で一緒に戦えばいいんだ。勝ったほうがこのボールをもらえることにしたんだ」

「男同士の友情ね。かっこいい」

七海がうらやましそうに言った。

「へえ、陸ってやつにも会ってみたいな」

「うん、きっと会えると思うし、すぐに仲良くなれると思うよ」

「そうだ！　俺たちリトルを目指さないか」

と健一が言ったので、みんなは驚いた。

「リトルって言えば、硬式だし国際的に有名だぜ」

拓也が言った。

「うちの草野球チームなんて無理だよ。第一、ルールも違うんだよ」

涼太も言った。

「そんなこと言ってるから、いつまでも草野球なんだよ。俺、今の大地の話を聞いて、すごく勇気が湧いてきたし、なんかすごく燃えてきたんだ」

と健一は言った。

「うちのお父さん、大学のときに野球やってたろ。結構強かったんだ。プロテストも受けたことがあるんだ。だからコーチとして入ってもらうようにたのむよ」

と今度は大地が言った。

「そういえば、この前、うちのとうちゃんがおまえんとこのとうちゃんと酒飲んでたときに、おまえんとこのとうちゃん、コーチやりたいって言ってたの聞いたぞ」

「本当？　僕には何も言ってなかったな」

「きっと今度の練習のときに発表するつもりなんじゃないか」

「そうだな、きっと」

「よーし。リトルで優勝しようぜ。いいな」

健一はみんなの顔を一人ずつ見つめて確認しあった。みんなの目は輝きに満ち、ひとつになった。

「リトルリーグで優勝するぞ！」

「オー！」

健一が高々とボールを掲げると、みんなも一緒に手を上げた。

健一が空を見上げた瞬間、

「やばい！　雨が降ってくる！」

と言った。

「本当だ」

大地を除いて、他のみんなもそう言った。

大地はまだ晴れているのにおかしいなと思ったが、地元の人間の勘なのだろうと思った。

「すぐに片付けて戻ったほうがいいな」

片付けをして下山し始めたが、途中でやはり雨が降ってきた。しかもスコールだ。

五人は雨宿りの出来る小屋を見つけた。みんなびしょ濡れになった。大地は雨に濡れたせいで身体が震え、咳が出始めた。

「大丈夫か？」

と健一が聞いた。七海は大地の背中をさすり、横にならせた。しかし、大地はますます咳が激しくなった。健一は危機感を感じ、何かこれから大変なことになるのではないかと、うろたえた。

「とにかく雨が小降りになったすきに下りよう」

と健一は言った。

「でも、大地君、とても苦しそう。どうしたらいいの？」

と七海は不安げに言った。

大地は意識がもうろうとしているなか、なんとかポケットに手を入れ、吸入器を取り出した。すかさず七海は手に取り、大地の口にあて、一、二回吸入した。すると咳は治まった。

「雨が小降りになったらすぐに下りて家に連れて行くから、大地君、頑張って！」

七海は泣きそうになりながらも、大地を励ました。

「あ、あ、ありがとう」

大地はなんとかしゃべった。

「よし、今だ！」

健一は大地をおぶって、小雨の中を歩き出した。雨の降っている山道は、視界が悪く歩きにくい。

みんなで声を掛け合い、存在を確かめ合いながら歩いた。途中で大地の咳がまたひどくなったので、いったん止まって大きな木の下に寝かせた。そして、健一は七海から吸入器をもらい、大地の口にあて、今度は、三、四回吸入した。楽になってほしかったからだ。大地はまた咳が治まりかけたが、今度は様子が変だ。

「大地、どうした？　大丈夫か！」

「む、胸が苦しくてめまいがする」

健一はあわてた。

「ごめんな、大地、こんなことになって！」

健一は泣きながら大地を抱きしめた。

「だ、だ、大丈夫だから……」

そう言いながらも、大地はぐったりしていた。

健一は、今度は大地を抱きかかえ、山を下りた。拓也も涼太も七海も泣きながら、大地を励まし続けた。

そして、ようやく下山すると、通り掛かりの車を止め、乗せてもらって大地の家まで行った。

しかし、家には誰もいなかった。

「やばい！　拓也、亮太、おまえたち、俺の家に行って、とうちゃんを病院に連れて来てくれ。それでとうちゃんに、大地のとうちゃんに連絡してくれって言って」

「分かった。亮太、行くぞ」

二人は走って行った。

健一は、車に乗せてくれた人に再びたのんで、病院まで行ってもらった。病院に着くとすぐに主治医の金城先生が来て、大地をベッドに寝かせた。

比嘉もびっくりしてやって来た。健一は山登りのことは言わなかった。言ったら大変なことになると思ったからだ。

医者はすぐに処置を施し、大地は少し落ち着いた。


大地が落ち着いたところで医者は比嘉と子どもたちに話を聞き始めた。

「健一君、状況を説明してくれないか」

金城先生が健一に聞いたが、健一は黙っていた。

「黙ってちゃ、分からないだろう」

と比嘉は言った。

「かなり身体が冷えていて、体力も弱っています。そして、肺炎になりかけています。健一君、大地君は吸入器を使っていたか、分かるかな」

「はい、最初は私が代わりにやってあげました。次に健一君がやってあげていました」

と七海が答えた。

「一回に何回吸入したか、分かるかい？」

「私のときは、一回から二回だと思います。健一君は何回か分かりません」

「たしか三、四回だったと思います」

健一もやっと答えた。

「そうか、みんなは苦しそうな大地君を見ていてそうしてくれたんだね。でも、あの吸入器は頻繁に使うと心臓を圧迫したり、めまいを起こすおそれがあるんだ」

七海と健一は驚いた。だから胸が苦しいって大地は言ったんだな、と健一は思った。

「ご両親はこちらに向かっていますか？」

金城先生が比嘉に聞いた。

「はい、先ほど連絡が取れまして、こちらに向かっているそうです」

「そうですか……とにかく絶対安静です」

健一は大変なことをしたと思い、自分を責めた。どうしていいか分からず、ただ立ち尽くしていた。

そこへ博志と美咲が駆けつけた。

「大地！」

と二人とも同時に叫び、美咲は泣き出した。

「なぜそうなったかは分かりませんが、身体が疲れ切って、副交感神経というものが緊張し、気道が縮み、喘息を誘発したものと思われます。そして肺炎になりかけています」

二人は目の前が真っ暗になった。

「肺炎ですか」

博志が言った。

「なぜこんなことに！」

美咲は泣きながら言った。

「健一、何があったんだ！　野球を見に行ったんじゃなかったのか？」

比嘉は健一に強い口調で言った。健一はもう我慢が出来なかった。

「ごめんなさい！　僕が悪いんです」

健一は泣き出した。他のみんなもつられて泣き出した。

「泣いてちゃ分かんないだろ！」

比嘉はとうとう怒鳴った。

「実はヤンバルの森に入ったんだ」

「な、なんだってそんな所に……」

博志と美咲も驚いた。

「僕がみんなを誘って、連れてってたんだ。そしたら途中で雨が降ってきて、雨宿りしたんだけど、なんとか早く連れていかなくちゃって思って、急いで下りたんだ」

健一は泣きじゃくりながら言った。

「このばかやろう！」

比嘉は息子を激しく叱り、頭をたたいた。

「比嘉さん、もう過ぎてしまったことです。健一君も大地のためにと思ってやってくれたことでしょう」

「でも病気のことはおまえも知ってたろう？　なんでヤンバルなんかに行ったんだ」

比嘉はさらに叱った。すると突然、大地が、

「健一君を怒らないで」

と言った。

「大地、気がついたの？」

美咲は大地の顔をのぞきこんだ。

「うん。監督、健一君を怒らないで。健一君は僕のために計画をしてくれたんだ。病気は僕が気をつけていれば、こんなことにはならなかったと思う。だから僕の責任だよ」

「大地……」

博志と美咲は、健一をかばう大地の姿を見て、泣けてきた。

「ごめんな。こんなことになって」

健一は大地にあやまった。

「いいよ、健一が悪いわけじゃないよ。健一は僕らを楽しませてくれたし、僕もすごく楽しかったんだ。なんて言ったって、あの山でみんなで約束したこと、僕は忘れないよ」

「約束?」

博志が聞いた。

「そう、みんなでリトルに出て優勝しようと約束したんだ」

みんなはうなずいた。

博志と比嘉は顔を見合わせた。

「そうだったのか。まあ、その約束は分かったけど、今はゆっくり休みなさい」

「お父さん、お母さん、ちょっと」

金城先生に呼ばれ、博志と美咲は病室の外に出た。

「しばらく入院が必要です。まずは体力を回復させるのが先決です」

「はい、分かりました」

「あなた……」

美咲は不安でたまらなかった。博志は美咲をやさしく抱きしめた。

夢

入院してから一週間が経ち、大地もようやく元気を取り戻し、退院の日を迎えた。迎えに来た両親と仲良くなった看護師、そして金城先生が病室にそろった。

「どうもお世話になりました」

博志と美咲は、金城先生に頭を下げた。

「大地君、よかったな。あまり無理をしないようにね」

「はい」

「大地君、せっかく仲良くなったけど、お別れね。遊びに来てね」

看護師が言った。

「ありがとうございます」

大地も頭を下げた。

そうして博志と美咲と大地と三人で、病室をあとにした。


退院したその夜、博志と美咲は大地にこんな話をした。

「大地、ママね、病気のことといろいろ調べて、食べ物も考えてつくることにしたの」

「へえー、どんなものが食べられるの?」

「まず、あまり夕食はたくさん食べないほうがいいの。それから、どの食べ物が作用するか分からないから、食材を試しながら、統計を取っていくわ。だから、大地は何を食べたら咳が出そうになるのか教えてね」

「うん、分かった」

「だけど、おそばは本当に避けておいたほうがいいみたい」

「いろいろ大変なんだね」

「大丈夫。少しずつ慣れていこうね」

「ママとパパも大地の環境には気をくばるけど、あまり過保護になりすぎるとよくないから、大地も適度に運動をして体力をつけて、あまり気にしないでおおらかな気持ちでいることが大切よ」

「うん、分かった。じゃあ、野球やっていいの？」

「急には無理だけど、少しずつ考えながら進めていこう。自分できついと思ったらすぐにやめること」

博志が言った。

「分かった」

大地は嬉しかった。なんにせよ好きな野球が出来るからだ。

「それから、リトルリーグの話だけど、今、沖縄にはチームがないそうだ。いろいろ調べたら、九州にチームがあって、登録すれば九州連盟に加入することが出来るそうだ。でも今後の実績を見て沖縄にリトルのチームをつくることも可能だそうだよ」

「すごい！　リトルリーグ沖縄だね」

「そうだ、今度、監督とよく話をして、方向性を決めようと思う。でもリトルリーグは少年野球と違って、ルールも違えば規模も違う。やりがいもあるが、層も厚いぞ」

「大丈夫だよ。だって約束したもん。絶対に夢は叶えてみせる」

「その意気、その意気。頑張ってね」

美咲も言った。

「それからね、大地、パパとママで考えたんだけど、これからパパとママが外に出ることが多くなったり、大地が学校や野球で、お互いになかなか話が出来ないことがあると思うんだ。それで、少しでも病気のことを把握しておきたいから、家族交換日記を始めようと思うんだけど、どうかな」

「賛成！　面白そう」

「朝、ママかパパが大地に渡して、夜、大地からもらうの。大地は学校から帰ってから、その日にあったことや思ったことをなんでも書いてね。話をしてくれても、もちろんいいけど、書くとまた、いろいろなことが浮かんできて、面白いわよ」

「うん。いつから始める？」

「明日から始めよう。パパ、ノートを買ってるから、それを使おう。明日、大地に渡すね」

「分かった。オーケー！」

その夜は、大地にとっても両親にとっても新たなスタートの日となった。

そして、何日か経ち、大地も元気に学校に通えるようになった。

ある日の大地の日記に、こんなことが記されていた。

五月十五日
今日はちょっと気分がよくない。

朝から雨が降っているからだ。雨が降るとせきがやっぱり出る。それから、入院したときのことを思い出す。ぼくは雨がきらいだ。

体育の時間は体育館だったけれど、ぼくは休んだ。先生は気をつかってくれている。でも、最近はそれがいやなときがある。なぜかと言うと、ぼくを特別あつかいしているように周りのみんなは思っているからだ。遊んでいるときに、友だちから「おまえは特別だからな」と言われたことがある。

ぼくの病気はそんなに特別なことなの？

パパ、ママ、どう思う？

大地が寝たあと、美咲は博志に日記を見せた。

「あなた、ここを読んでみて」

「ふーん」

と言って、博志はそのページを読み始めた。

「どう思う?」

「そうだな、病気のせいで、自分が特別扱いされているのがいやみたいだな」

「それもそうだけど、気になるのは、先生や周りの友だちの反応よ」

「うーん」

博志はあまり分かっていない様子だった。

「このままでいくと、大地は孤立してしまわないかしら」

美咲は心配そうに言った。

「そうだな。その可能性もあるかもしれない。一度、学校へ行って先生と話してみたらどうだ」

「そうね。一度行ってみようかしら」

翌日、美咲はさっそく大地の学校に出向いて、担任の先生と話をした。

「先生、最近、学校での大地の様子、どうですか？」

「みんなと仲良くやってますよ。病気のほうも私どもでは注意して見ているんですが、今のところ、問題ないようです」

「そのことなんですが、注意して見てくださるのはとてもありがたいのですが、それが子どもたちのあいだで、特別扱いしていると言われているみたいなんです。このままいって、いじめの原因などにならなければいいのですが……」

「そうですか。子どもたちはそんなことを言っているんですか」

「はい。家ではなるべく過保護にならないよう、普通にしているつもりなんですが。体育の授業などもよく休んでいるのでしょうか？」

「そうですね。天気の悪いときはほとんど休みますね。かといって、無理やり大地君にやらせるわけにはいかなくて」

「あのー、なるべくと言ってはなんなのですが、他の子と同じように、注意したり叱ったりしてください」

「お母さん、私は、特別なことは特別なこととしたほうがいいと思うんです。ちゃんと子どもたちに話をして分かってもらうよう、今度ホームルームでその話題を取り上げてみましょう。お母さん、それでいかがですか？」

「はい……」

美咲は返事をしたが、半信半疑だった。

「ですので、お母さんのほうから、大地君にその話題をホームルームで話すということを伝えておいてくださいますか」

「分かりました。ありがとうございました」


その日の夜、美咲は大地に、今日学校の先生に会ってきたことを話し始めた。

「大地、今日、ママね、学校の先生に会ってきたの」

「なんで？」

「大地のこの前の日記が気になったから」

「僕、何て書いたっけ？」

大地はそのことを忘れているようだった。

「学校で特別扱いされてるって言われたこと」

「ああ、あのことか……どんな相談に行ったの？」

「先生に言われたわ。特別なことは特別なこととして、みんなに理解してもらおうって。だから、今度、ホームルームでそのことを話すって言ってたわ」

「なんだかちょっとこわいな」

「どうして？」

「だって、僕が先生に告げ口したみたいにとられたらいやだもん」

「大丈夫。先生もちゃんとうまく話してくれるわよ」

「そうかな。それならいいけど」

「みんなも本当に大地に協力してくれるようになればいいじゃない」

「うん」

「それから、天気予報を見て、次の日が雨のときは、薬を少し多めに飲んで行きなさい。そうすると、運動をしてもラクだから」

「分かった」

「一緒に頑張ろうね」

「うん。パパはどうしたの？」

「パパは監督の比嘉さんの所に行ってるわ。リトルリーグのことじゃない？」

「そうか。早くリトルリーグに出たいな」

「そうね」

比嘉の家で酒を飲みながら、二人は語り合っていた。

「いやー、そうですか。結構、面倒ですね」

と比嘉が言った。

「ええ。でも沖縄にリトルがないとは知りませんでした」

「少年野球チームは結構あるんですけどね」

「でも私たちでリトルチームをつくるのは面白そうですよ」

「そうですね。いろいろ決めごとがあるんでしょう?」

と比嘉が聞いた。

「ええ。まずは組織をつくらなければなりません。会長とか応援団長とか、いろんな人を集めて役員をつくる必要があります」

「応援団なら任せてください。うちのかあちゃんがやってくれますよ。なあ、かあちゃん」

「ええ?　何か言った?」

向こうのほうで、比嘉の妻の声が聞こえた。

「とにかく組織をつくって、役員を決めて、申請しなくてはならないのです。毎年、年末にまとめてアメリカに送るそうです。そして、翌年、認可がおりて正式の公式リトルリーグというわけです」

「なるほど。道のりは長いですな」

「はい。ですが、少年野球時代に組織づくりをしておけば、子どもたちにとっても、私たちにとっても、希望をつなぎとめておけます。比嘉さん、私は大地の夢を叶えてやりたいんです。ですから、沖縄にリトルリーグをつくりましょう。私はなんでもやりますよ」

と博志が言うと、

「ありがとうございます」

と比嘉は涙ぐんでいた。

「夢野さんが来られてから、うちのチーム、とても活気が出て本当に真剣にみんな取り組んできてますよ。これならリトルも夢じゃない。よーし、リトルで日本一になって、世界の舞台で優勝するぞ！」

少々お酒が入っているので、二人とも気が大きくなっていた。

「頑張りましょう！　ワハハハッ」

博志も声を張り上げ、笑い合った。


大地が退院してから二か月が過ぎた。

大地は病気とうまく付き合いながら、生活のペースも出来、心配していた学校でのいじめもなく、そのことでかえってクラスにまとまりが出てきた。

そんな折、大地たちの野球チームが地区大会に出場した。観客の中に学校のクラスメイトや先生の姿もあった。

もちろん、博志はコーチとしてチームに入っていた。美咲も応援に来ていた。大地にとって初めての試合である。健一、拓也、涼太も一生懸命戦った。

そして最終回、大地の打席になり、バッターボックスに立った。緊張している。誰もが大地を見守っていた。大地は神経を集中し、飛んできたボールに思いっきり振った。打球は高々と上がり、センター前ヒットとなった。

そしてそれが決勝点になり、大地たちのチームは勝った。

大地は少し咳が出たが、大丈夫だった。試合に勝った喜びと、病気に打ち勝った気持ちで自信がついた。試合後、チームのみんなが集まり、本当にひとつになった。

見ていた美咲も涙を流して喜んだ。

帰り道、博志と比嘉は一緒に歩いた。

「本当に強くなりましたね。うちのチームは。やはり何か目標を持っていると強いですね」

と比嘉が言った。

「本当ですね」

博志も答えた。

「大地君も大活躍でしたね」

「ええ、本当によかった。ちょっと不安もありましたが、あの子は確実に心も身体も強くなっています」

「本当ですね。実は今日の試合に、九州リトルリーグ連盟の方が見に来ていたんですよ」

「えーっ、本当ですか!?」

「みんなに言わなかったのは、そのことで硬くなって、いつもの調子が出せないと困ると思いまして」

「何かおっしゃっていましたか？」

「今度、非公式ではありますが、九州のチームと親善試合が出来ることになったんですよ。もしそこでいい試合が出来れば、リトルリーグ沖縄としての可能性も濃厚になると思いますよ」

「それはすごい。きっとみんなに言ったら大喜びしますよ。それで試合はいつなんですか」

「それが意外に早く、二か月後の九月十五日です」

博志は、その日が大地の誕生日にあたることを知った。

「ええっ？　それじゃ、その期間にルールを教え、道具もすべてリトルリーグ用に変えて練習する必要がありますね」

「そうなんです。ユニフォームもつくる必要があるでしょう」

「よーし、それじゃ、応援団の皆さんにも手伝ってもらってユニフォームをつくりましょうか」

「そうしましょう」

「それから、うちの会社で、社内基金というのがあって、地域の運動に使ってもらうためのお金が少しあるんですよ。それも出せるか交渉してみます」

「ありがとうございます」

博志は興奮していた。

「で、どこで試合をするんですか？」

「沖縄です」

「向こうが来てくれるんですか？」

「はい。うちは資金がありませんので、本当にご好意で来てくれます」

「へえ、それはすごい」

「実は、九州リトルリーグ連盟の事務局長は私の同期だったんですよ。偶然にも」

「そうだったんですか。よかった」

博志がその話を大地やチームメイトに伝えると、みんな大喜びだった。学校でもみんなが応援をしてくれた。また、比嘉の妻を中心に有志が集まり、ユニフォームづくりをした。そして道具は、博志の会社が協力をしてくれ、社内基金を使ってそろえられた。

練習が始まり、チームの真剣さはさらに増した。大地も病気のことはすっかり忘れるぐらい楽しんでいた。

そんななか、美咲は大地を病気に追いこんだ環境問題を多くの人に知ってもらい、一人ひとりに意識してもらえるよう、ボランティア団体で精力的に働きかけていた。しかし、なかなか思うような結果は出せなかった。

「上江州さん、少しでも多くの人にもっと知ってもらう方法はないでしょうか」

「難しいことですよ。今の社会にとって環境問題は、とても重要な課題であることは間違いありません。しかし、一個人にとって見ると、自分の身の周りのことのほうが大切だと思う人がほとんどではないでしょうか。でも、誰かが伝えていかないと、本当に取り返しのつかないことになるのも事実です。一番有効なのは地道にやり続け、伝え続けることだと思います」

「そうですよね。私は、大地が環境によって喘息になったことがきっかけで、環境汚染の凄さや恐ろしさ、また化学物質によるアレルギーなど、全国、いえ、全世界のどこに行っても状況は同じだということを教えられました。同じように環境によって苦しんでいる方々もたくさんいると思いますし、早くこの問題に光を当てて、道を開かせていきたいと思うんです。それが大地への償いだと思うからです」

美咲は涙ながらに訴えた。上江州も息が詰まりそうになった。

「そうだ、美咲さんがおっしゃったことをそのまま、たくさんの人に伝えていったらいいいんじゃないんですかね」

「でも、どうやって?」

「私がそのセッティングをしますよ。たまたま私は放送関係の仕事をしていたことがあって、ラジオ局の社長をはじめみんな知り合いなんです。那覇にラジオ南国放送があるのをご存じですか?」

「はい、知っていますが、どこにあるのかは分かりません」

「近々社長に話をしてラジオで話せる機会をつくりましょう」

「本当ですか。ありがとうございます」

「美咲さん、どんなに困難でもご自分のおやりになっていることを信じて、やり続けることが大事です。私もその仲間の一人ですから」

「はい、絶対やり続けます」


それから美咲はさらに詳しく環境問題について勉強をした。そして、あるひとつの答えが見えてきた。

「あなた、私ね、最近勉強しているうちになんだか答えが見えてきたような気がするのよ」

美咲は真剣な眼差しで博志に言った。

「答えってなんの？」

「多くの人が環境問題の重要性に気づいて、実行していくために何を伝えたら一番伝わるかが」

「へえー、なんだいそれは？」

「選択よ」

「洗濯？」

博志は、手で洗うまねをした。

「違う！　選ぶほうの選択よ」

「びっくりした」

「もうあなたったら……私や私の周りの人たちが、どんなに環境が悪いかをいくら伝えてもそれはひとつの知識としかとらえられないのよ。また、環境問題で病気になった人々の話をしても同情を買うだけで、次の日は忘れてしまうのよ。当事者は別よ。要するに、伝える一人ひとりのなかに選択出来るスペースを与えてあげることだと思うの」

「スペースね」

「今、環境汚染が深刻化して、その被害にあわれている方々が苦しんでいるわ。

その事実を事実としてみんなに伝えて、その人たちに選択してもらうのよ。これからもこの悪化を進行させていくのか、それをくい止めていくのかを」

「なるほど」

「選択肢を与えることで、選んだその人本人の責任になるでしょ。だから一人ひとりが真剣になると思うのよね」

「でもなかには俺は関係ないっていう人、つまりどちらも選択しない人もいるんじゃないのか？」

「もちろんいると思うわ。でも、いつかそういう人も周りが選択し始めると、必ず選択するようになるわ。だからまず止めることを選択した人から実行していってもらえば、いいのよ」

「そうか選択か。人生は選択である、なんてね」

「そう！　まさに人生は選択だわ。どんな逆境でもその人の選択によって、その人自身のとらえ方や感じ方、そして、行動なんかも変わっていくものね」

「僕ら家族もある意味で、選択した結果が今ここにあると言えるのかもね」

「そうかもね。私たち夫婦の選択によって、大地も病気になったと言えるわ。だから、これからの私たちの選択は、大地に病気を起こさせないように環境や食べ物を選択してくい止めるのよ」

「なんだか明るくなってきたな。そうだ、今度の親善試合、見に来るんだろう?」

「もちろんと言いたいところだけど、実は私、初めて多くの人に話をする機会が与えられたの。それがちょうど試合の日なの」

「へえ、どこで?」

「ラジオよ、ラジオ」

「ラジオに出演するのかい?」

「そう、上江州さんの計らいで実現したの。そこで、今話したことを問いかけてみようと思う」

「それはすごい。きっとたくさんの人が聞くね。じゃあ、試合の日にラジオ持っていって聞くよ。何時から？」

「三時よ」

「試合が終わるころだな。分かった」

「大地にはちゃんと話すし、日記に今日話したこと、書いておくわ」

「そうしてくれ」

美咲も博志も興奮していた。

ありがとう

九月十二日。大地は少し風邪ぎみだった。夕方、家の前で大地が素振りをしているところに博志が帰って来た。

「九十八、九十九、百。ゴホンゴホン」

大地はその場でしゃがみこんだ。

「大地、大丈夫か？　大事な時期だから身体に気をつけなきゃな」

「うん、大丈夫」

大地は少しだるく、熱があるようだった。でも、こんなことをみんなに言ったらみんなが不安になるだろうし、絶対に試合に出たいと願っていた。だから自分で治すしかないと大地は思った。日記にもこのことは書かなかった。

九月十五日、試合の日がやってきた。大地の誕生日でもある。

大地の風邪はやはり治っていなかった。身体はだるいし咳も少し出るみたいだったが、気づかれないよう、努めて明るく振る舞っていた。

「はい、お弁当。今日は頑張ってね」

「うん。ありがとう」

「大地にとって最高の誕生日プレゼントだな」

「うん。ママも今日は頑張ってね」

「ええ。頑張るからね」

そう言って、美咲は二人を外まで見送った。

「じゃあ、行ってきます」

二人はそれぞれ自転車に乗った。

「行ってらっしゃい、気をつけてね。大地、お薬持った？」

「持った、持った。行ってきます」

博志と大地は球場へと向かった。美咲が見送って家に入ろうとしたとき、大地が止まって叫んだ。

「ママ。ありがとー。頑張ってねー」

美咲は大地のやさしい言葉に勇気が湧いた。

「さあ、私も頑張ろう」

二人が球場に着いたとき、健一はすでに来ていた。

「大地、おはよう。お前大丈夫か？　顔色悪いぞ」

「大丈夫、ちょっと緊張しているからだよ」

「そうか、頑張ろうな」

「大地君、おはよう」

七海が挨拶した。

「おはよう」

「なんか具合悪そうだけど、大丈夫？」

「大丈夫。ちょっとトイレ行ってくる」

大地はみんなの前では明るく振舞っていたが、かなりきつかった。正直、立っているのもやっとだった。みんなの前では我慢し、トイレの中で、咳をした。息苦しさで意識がもうろうとしていた。汗がにじみ出ていた。しかし、しばらくすると少し落ち着いたので、気合を入れ、トイレから出た。

いよいよ試合開始の時刻。チームは円陣を組んだ。

「いいか、この試合に勝てば、リトルも夢じゃないぞ。頑張ろう。ただ試合が始まったらいつもの調子でやればいい」

監督の比嘉が言った。

「よーし、元気を出していくぞ！」

健一が言うと、みんなも、

「ファイト！　オー！」

と声を出した。

試合が始まった。相手はさすがリトルリーグのチームだけに、動きひとつ見てもレベルの差があった。沖縄チームはその気迫に押され、回を重ねるごとに点を取られていった。しかし、技術的には劣るが、ここまでの努力と思いで、必死で三点差にくい止め、3－0で迎えた最終回。打席は健一からだ。

健一は絶対に塁に出るぞといわんばかりの気迫である。球を選んで、打った！　打球はショートだ。あ、抜けた！　健一は初めてベースを踏んだ。

応援団はすごい勢いで応援した。しかし二番バッターは三振に倒れ、ワンアウト。続く三番バッターは拓也である。彼は三番だけに、打力には定評があるが、今日はいまいち振るわない。彼にとっての最後の打席である。なんとしても塁に出たいところだ。力みすぎて二回大きく空振りをする。一球見送って、打った！　打球はセンター前へ転がった。ヒットだ。

一塁には拓也、そして二塁には健一と続いた。ワンアウト一、二塁である。四番バッターは涼太だ。彼も打力には定評がある。常に冷静だが、やはり今日は緊張している様子。ここで塁に出たい。一球を見送って二球目。打った、サードを抜けた。やった！　満塁である。観客は総立ちだ。選手もみんな立っている。


博志は美咲のラジオのことを忘れていたが、大地が思い出し、

「パパ、ママの声が聞きたいよ」

と言った。

「あ、そうだ」

博志はラジオをつけた。すると美咲の声が流れてきた。ちょうど選択の話をしているところだ。

「ママだ！　ママ、僕の番が回ってくるよ。応援してね」

大地は、ラジオに話しかけた。

「リラックスしていけよ」

「うん」

しかし、大地は風邪が悪化しているのが自分でも分かるほど、かなりつらかった。

五番目のバッターは三振してしまった。さあ、いよいよツーアウト満塁。バッターは大地だ。

〃パパ、ママ、僕の夢が叶うよ。病気なんかに負けないからね〃、と大地は胸の中でつぶやいた。

しかし、あまりの緊張に咳が出てきた。大地はタイムを取り、ポケットから吸入器を取り出して、一、二回吸引した。そして気を落ち着かせた。

それを見ていた博志は、不安がよぎり、〃あれ、何か変だぞ、大地、大丈夫かな〃と思っていた。

大地は意識がボーッとしていたが、この一球だと決め、集中した。ピッチャー投げた！　ボールが見えた。バットに当たるのが分かった。気がつくとセンターの後ろを飛んでいった。

はっと気がつき、健一、拓也、涼太、そして大地がいっせいに走り出し、次々ホームへ、大地は二塁を蹴って三塁へ。

大地は、限界だった。〝あー、くるしいー〟と心の中で思った。もう何も聞こえない。でも夢中で走った。三塁にいた博志は止めたが、大地は気づかず、ホームへと走った。

そのとき、一瞬、大地の中で時間が止まった。美咲の声が聞こえてきた。声は涙ぐんでいた。

「みなさん、みなさんは、今、何を選択していますか？　私はどんなつらいときでも自分の選択いかんで状況はいくらでも変えることが出来る、ということを知っています。そのことを私は息子の大地から教わりました。喘息という病気と闘いながら、自分の夢を実現させるためにひたむきな努力をしている姿を見て、彼はいつでも自分にとって最善の選択をしているんだと。どんなに勇気づけられたか分かりません。だから今、私は大地に感謝の気持ちでいっぱいです。大地、ありがとう」

大地はその言葉を確かに聞いた。しかし、次の瞬間、分からなくなった。大地は三塁を蹴って一直線にホームへ向かい、ヘッドスライディングをした。

セーフ！　セーフ！　チームは勝った。逆転サヨナラだ。

観客は総立ちで、涙した。チームのメンバーは大地の所へ駆け寄った。

しかし、大地は二度と立ち上がることはなかった。

それから、一週間後。

博志と美咲はただボーッとして家の中にいた。もう何もする気が起こらなかった。

美咲が急に、

「どうして、どうしてこういうことになるの……」

と泣き崩れた。そして、

「人生は選択なんてうそよ！」

と言った。博志は黙っていた。

「あなた、大地が試合の日、様子がおかしかったのが分からなかったの？」

「分かったのは、大地がバッターボックスに立ったときだったんだ」

「なぜ、そのとき止めなかったの？」

「止められるわけないだろう！　大地だって絶対に止めてほしくなかったさ！」

「私だったらどんな状況でも、大地に何か異変を感じたら止めるわよ！」

「じゃあ、なんであのときいなかったんだ？　ボランティア活動と大地とどっちが大事なんだ！」

「どっちも大事よ！」

「都合がいいよな。どっちにでもとれるような答え方をして！　選択してもらうだ？　美咲はいったい何を選択したか、分かってるのか！　大地のそばにいてやれないことを選択したんだよ！」

バシッ！

美咲は博志を平手打ちすると、泣きながら大地の部屋へ入っていった。博志はやりきれない気持ちで、外へ出た。

ただおもむくままに歩いて気がつくと、沖縄に引越してきたころ、初めて行ったあの草野球場だった。

球場では子どもたちが草野球をしていた。博志はただボーッと見ていた。しばらくすると、美咲が博志を捜しにやって来た。

「あなた、さっきはごめんなさい。言い過ぎたわ」

「いいよ、お互いに気が動転してるんだ。無理もないよ」

「さっき大地の部屋の物を見ていたら、交換日記が出てきたの」

「そう言えば忘れていたな」

二人は少し歩いて近くの海岸へ行き、日記を開いて読み始めた。


七月十五日。今日はリトルリーグおきなわが誕生するための試合が出来ることを聞いてとてもうれしかった……。

七月二十五日。健一はまだあのときのことを気にしているみたいで、ぼくにすごく気をつかう。ちっとも気にしていないのに……。

八月二日。今日は陸から手紙が届いた。あいつ、リトルリーグに入ったみたいだ。ちょっとくやしかった……。

八月十日。今日は頭にきた。健一がぼくの大事にしていたあの友情ボールを持っていってしまった……。

八月十五日。今日は彩花に手紙を書いた。がんばっていることを書いた。

読み返していくうちに、大地の元気だったころの姿が浮かんでは消えた。そして、最後のページに、二人がまだ読んでいなかったところがあった。そう、試合当日に書いたものだった。二人はそれを読んだ。

九月十五日。今日は待ちに待った試合の日だ。この試合に勝てばリトルリーグおきなわが誕生する。絶対に負けられない。

でも、ゴメンナサイ。パパ、ママ、ぼくはうそをついていました。本当はかぜを引いていて、ちょっとつらいんだ。でもそれを言ったら絶対に試合に出してもらえないと思ったから、だまっていたんだ。本当にゴメンナサイ。

ぼくはどんなことをしてでも勝つからね。この気持ちで病気なんか吹き飛ばしてやる。きっとこれを読んでいる、誕生パーティーでは、ぼくの活やくの話題でもちきりだよ。

ここまでこれたのはぼくのがんばりもあったけど、みんなの力があったからこそ、ここまでこれたんだと思う。みんな、支えあってるという感じだな。あとパパとママ、ぼくの病気のことで心配かけてごめんね……やっぱりパパとママのおかげだよ。それが一番だな。

この試合が終わったらちゃんと病気治すから、今日まではだまって見守っててね。

パパ、ママありがとう。

二人は愕然とした。そして泣き崩れた。大地のひたむきな気持ちに胸がいっぱいになった。

「俺たちは、もっと大地の思いを受け止めてやればよかった」

「……」

美咲は泣きながら、うなずいていた。

海岸は夕日で赤く染まっていた。

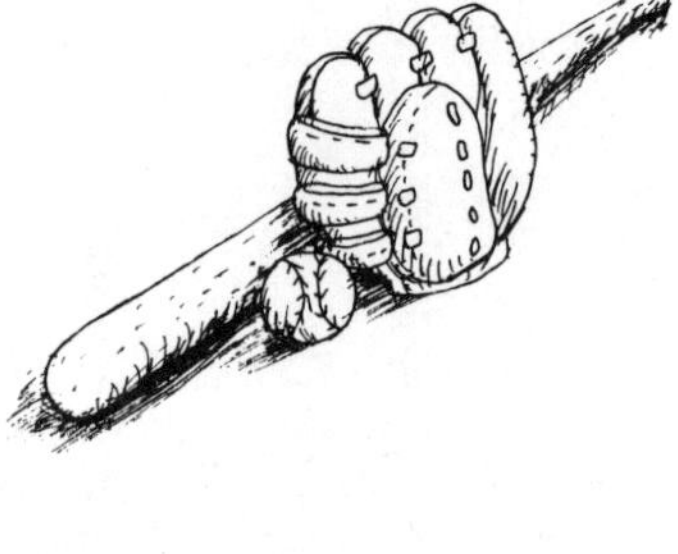

エピローグ

大地が逝ってから、半年後。

あれから博志も美咲も大地の死を無駄にしないと決め、博志は大地の叶えたかったリトルリーグ優勝を目指して指導に励んだ。

美咲は上江州の援助で、ラジオやテレビに出演し、訴えかけた。そして今、美咲は環境問題をもっと身近に感じてもらうために、ボランティア事務局「青空の会」を設立した。そこではいつでも環境についての情報を見ることが出来、答えられるようになっていた。そして美咲は一軒一軒訪問し、家庭で出来る環境改善を伝え歩いた。しかし、何軒回ってもあまり効果はない。逆に門前払いをくらう家も少なくない。

何度あきらめかけたか分からないが、そのたびに大地の笑顔が浮かんでくる。その笑顔は、「ママがんばれ！」と言っているようだ。そして美咲は、今も伝え続けている。

博志は、リトルリーグ沖縄の監督となり、比嘉は連盟の会長となった。そして素晴らしいほどのスピードで勝ち進み、東京で決勝が行われた。対戦相手には陸がいた。

決勝戦は互角に進み、最終回、陸の投げたボールが、健一のバットに当たり、客席へと消えていった。サヨナラホームランだった。リトルリーグ沖縄は優勝し、栄光を手にした。しかし、チームの誰もが、大地がいたらと思っていた。

試合が終わり、片付けをしながら、健一は自分のバッグの中から、あのボールを取り出した。そして陸のもとへと走っていった。

「陸君」

「え？」

「これ」

健一はボールを陸に手渡した。

「もしかして……」

と陸が言うと、健一はうなずいた。

「大地が沖縄に来たとき、俺たちに自慢げにこのボールを見せたんだ。君との友情ボールだってね」

「……」

「俺たち、そのとき初めて、リトルの夢を持ったんだ。だからこのボールは俺たちにとっても友情ボールなんだよ」

「そうだったのか」

「だから、今もし大地がいたらこのボールを君に返すだろう」

「でも、僕が負けたから、このボールは大地のだよ」

「そうだね、そう言ってた。でも、友情ボールには勝ち負けはないんじゃないか？　俺たちはこのボールでひとつになった。そして、大地も君とこのボールで友情をたしかめ合った。だから、これからの僕たちのために、今度は君にこのボールを預けておくよ」

「ありがとう」

陸は胸がいっぱいになった。そして、健一の姿に大地が重なって見えた。

「試合には負けたけど、俺たちの友情はみんな勝ったんだな」

「そうだと思う。大地がそれを教えてくれたんだよ、きっと」

「きっと、そうだね」

健一と陸は友情のしるしに固い握手を交わし、そして抱き合った。それを見ていたチームメイトも集まり抱き合った。

そして陸は、青空に向かってボールを高々と上げ、みんなもそれを見上げた。

〔完〕

あとがき

この作品はフィクションです。しかし、今、環境問題は他人事ではなく、自分自身の問題として捉えていかなくてはいけないことだと、私自身、痛切に感じています。

また、夢野家のような境遇に立たされたご家族もいらっしゃるかと思います。この本を読まれた方に、少しでもご自分の問題として、捉えていただければ幸いに思います。また、最近では家族間で不幸な事件が多発しているように思え、そういう事件を耳にするたび、心が痛む思いがします。将来を担う子供達に私達大人は、いったい何が出来るのでしょうか？　今からでも遅くはないと思います。一人ひとりの意識の選択によって、世の中の出来事が少しずつですが変わっていくと思うからです。

最後にこの本を選択し、読んでいただいて誠にありがとうございました。

この本を制作するにあたり次の方々のご協力をいただきました。

ホテル、ウェルネスの森 那須、総支配人桑田清様をはじめ、ホテルスタッフの皆様。大海慎介様、イラストをご提供いただきました横尾明香音様、須賀小児科 院長須賀康正様、そしてこの本の制作に関わった全ての皆様、本当にありがとうございました。

二〇〇三年三月

ひなた もえ

著者プロフィール

ひなた もえ

1957年、東京都に生まれる。

青空への誓い ――パパ、ママありがとう――

2003年6月15日　初版第1刷発行

著　者　ひなた もえ
発行者　瓜谷 綱延
発行所　株式会社文芸社
〒160-0022 東京都新宿区新宿1－10－1
電話 03-5369-3060（編集）
03-5369-2299（販売）
振替 00190-8-728265

印刷所　株式会社エーヴィスシステムズ

ISBN4-8355-5781-6 C0093